글벗시선138 임경자 두 번째 시집

철부지
아내(2)

임경자 지음

도서출판 글벗

가문의 영광

마음의 보따리 풀어 놓고
시비 속에
뭉클해진
철부지 아내
무지 속에 외길
당당함으로
바람 속의 먼지마저
사랑한 충성스러운 마음
부담을 많이 짊어 주었다
주어진 못 시비 가문
땅과 하늘도 통곡한다
태양은 매일 뜬다

2021년 6월

차 례

제2부 마음의 쉼터

제3부 달콤한 인생

제4부 특별한 인연

제5부 다시 태어난다면

제6부 환희의 그 날

제1부

가문의 영광

인격체

한 지붕 아래 가족
한솥밥 식구
처음엔 몰랐다
날이 갈수록
남의 식구 같다
서로 다른 인격체
알면서도
외톨이 남인 듯
한 다리 건너
손주보다 아들
며느리보다 효자 아들
마음에서 멀어져 간다
외로움이 무섭다고 해도
혼자라는 사실
싫은 것만큼 좋다
영원히 혼자다
한 치 앞을 모르는 삶
윤회의 순리 질서
촛불이 환하다

화음

계절에 따라 밀려온
마음의 공부
통찰이 빛난다
나머지 숙제이다
길들지 않은 책장을 넘긴다
언젠가 겪었던 이야기 한 줄
어제와 오늘은 다른데
연민에 안개 속 헤맨다
고운 리듬에 스며드는 못난 마음
믿음이 조화로울 뿐
돌아설 줄 모르고
노래한다
화음이 아름다운 합창이다

일기장

어느 날
하늘을 찾았다
생각만 해도 푸른 희망
한 가지 빼고 그리울 게 없다
스스로 녹아내리는 일기장
너무 높고 멀다
하늘을 닮아간다

나그네

눈빛으로 사랑을
남다른 사고
이유는 타고난 환경
화려한 꿈
파문 퍼진다
커졌다 멀리 멈춰버린
안에서 찾지 못하고
물 흐르는 대로
바다를 건너
강물로 흘렀다
부딪치고 비바람에
멍이 들어 파란 하늘 물들었다
우두커니
그날들이 넘실댄다
내 안에 있었다
조용히 쓰다듬고
귀한 사랑
시 한 편 건져 놓고
풍류를 짊어진
나그네
하늘은 알고 있다

알람

평생 장독대를 그리워했다
눈이 소복이 쌓인 장독대
살림을 못 하고 돈을 벌었다
여자가 돈을 벌면 드센 팔자
10년 전 남편을 먼저 보내고
5년 뒤 큰아들도 하늘나라 갔다
혼자 사는 70대
작은아들
퇴근 후 알람이 울린다
저녁이면 손주들과 영상통화
이렇게 노후 일상
반찬을 정성스럽게 준비
살림 맛 재미있다
언젠가 고운 인견 하얀 앞치마 산 것
꺼내어 신선한 앞치마 자랑스럽다
화, 수, 목 드럼 치는 날
여태껏 쌓인 스트레스 확 날려 보낸다
습관 된 마사지 운동 깔끔한 멋쟁이
친정엄마 닮은 얼룩송아지 다행이다
언제까지 시간표대로 실천할까

아들 며느리한테
민폐 주지 않으려고
즐겁게 산다
가끔 찾아오는 외로움과 고독
누구나 다 똑같겠지
위로하며
오늘도 시 쓰고 낭송하며
철부지 아내
무의미 속에 의미를 갖고
하루를 마무리한다

새 신을 신고

하얀 눈 위를 걸어간다
고요한 산길
새 신을 신고
발자국 꾹꾹 누르며
유년 시절 장독대 생각난다
소복하게 쌓인 눈이 탐스러워
가만히 손자국 새긴다
낭만의 세상
눈 맞으며
찾아 걸어온 길
가슴에 묻어 놓고
눈이 오는 날 속삭인다

좋은 것 고르기

살아가는 방법
좋은 것만 고른다
마음이 좋다
편안하다
계산법이 틀리는데
나만의 방식
손해도 없고
나를 위하여 베푼다
약육강식
너를 위해 내가 있고
나를 위해 네가 있다
더하기 빼기
영원히
아무것도 쥔 게 없다
세월 바람에게
맡긴 인생 교정
올바른 삶의 목표
오늘을 위하여

우리네 삶

우리네 삶
여유로운 인심
이곳저곳 씨앗
환한 가슴 내밀고
발길 손길 흙내음 덤
자연이 선물한다
눈만 뜨면 베풂과 나눔
푸른 삶이 스며든다
동행하는 인품
살맛 나는 세상

비 오는 날

시선이 다르다
들리는 빗소리
끊임없는 대화
창 너머 보이는
빗줄기 그린다
햇빛에 비춰보니
얼룩무늬
위로해 준다
살아있는 수채화
비 오는 날
낮은 곳으로
흘러간다

자갈돌

구르다 지쳐
한자리에 모은 자갈
각기 다른 얼굴 내밀고
바닷가 짠 내음 마시고
하늘 한번 바라보고
그 사이
바람이 일고 비바람 몰아쳐도
아무 일도 없는 듯
햇빛으로 몸을 말리고
웃는 소리
그 자리 굴러 본다

새벽

이맘때면 가슴이 울린다
카톡 카톡
누군가 나하고 똑같은 심정
할 말을 정리한 듯
시작을 알리는 백자 도자기
술을 계속 따른다
삶을 길게 짧게 장단 맞춰
새들이 노래한다
새벽을 깨운다

비 내리는 날

이 시간 저녁 무렵
무얼 할까
비가 그리워
창밖 시원한 비바람
더위를 달래는 한가로운 얼굴
유리창에 매달린 초록 물방울
음악에 젖어 저만치서
발자국 소리인지 자꾸 떨어진다
편지를 쓴다
여름밤을 지키고 있다

쉼표

집착 없이 머물고 싶다
밀려오는
허공과 하나 되어
쉼표를 그린다
발걸음 부딪치지 않게
있는 그대로 스며든다
흔적이 편안하게 마침표를 찍는다

잡초

길 위에 핀 꽃
지켜주는 보호자
잡초들도 마찬가지다
다른 부류 속에
색깔은 달라도
똑같은 마음
똑같은 길
마음을 열지 않는다
조심스러운 마음
고독한 도화살
한풀이 판타지 드라마
낭만이 그립다
연민에 핀 꽃
외로움 속에 망상
행복하길 빈다

가로등

가만히 서 있다
말 한마디 없이
눈 오는 날 수묵화
비 오는 날 수채화
사색에 그려 본다
너에게 속삭인다
나에게 말을 건낸다
주고받는 순발력
가로등이 먼저 대답한다
외로운
별들 안부를 묻는다
마음의 바람이 분다
그곳까지
잘 포장되어 전한다
가로등
환한 미소를 좋아한다

에밀레 소리

한 폭의 그림
눈을 감아도 보인다
풍경소리 온데간데없다
쇳물 녹인 에밀레 종소리
엄마의 음성
귓전에 맴돈다
점점 멀어진다
보이질 않고 들리질 않는다
그리운 발길
모든 소리 깊이 사무친다
다시 그곳에
푸른 하늘 아래
공수래공수거
맑아진 그 안에
에밀레 소리 피고 진다

뒷모습

떠나야 할 때를
아는지 모르는지
흔들리는 나뭇잎
사계절 아랑곳없이
자신의 몫인 양
햇살 반짝임
꽃잎 물들이고
사랑하는
마지막 잎새
아름다운 뒷모습
숨죽이고
노을에 양보하며
화려한 황금빛
차분히 덧칠하며
알아차림
다시 뿌리를 그리며
노래한다

나들이 (I)

자유롭다
안정을 넘어
정성으로 준비한 간식
투명한 그릇에 식구
얼굴 담아 반짝인다
한입에 쏙
사랑의 손길 드러난다
며느리 매력 숨겨진 참을성 함께
동행을 원한다
자랑스럽다
든든한 가족 나들이
떠오르는 태양 아래
노을이 질 때까지
우뚝 선 풍향계
바람결 따라
자유롭게
돌고 돈다
마음도
풍향계를 닮아 돈다

텃밭

저마다 다른 꽃
꽃피는 계절이 다른 경위
함부로 말 할 수 있으랴
엉겅퀴 향기
또 다른
벌과 꽃으로 유혹하는
사계절 향기
새롭게 피고 지고
자연이 내주었던 자리
한 평도 안 되는 텃밭
누가 가꾸어줄까
기억마저 잊어버린 채
멍하니
햇볕 물 공기마저
불타오른
한 줌의 재
서서히
자연으로 돌아간다

가문의 영광

마음의 보따리 풀어 놓고
시비 속에
뭉클해진
철부지 아내
무지 속에 외길
당당함으로
바람 속의 먼지마저
사랑한 충성스러운 마음
부담을 많이 짊어 주었다
주어진 몫 시비 가문
땅과 하늘도 통곡한다
태양은 매일 뜬다

제2부

마음의 쉼터

혼자 가는 길

더 이상 피지 않은 꽃
마음으로 캠퍼스 꺼내어
빈 공간을 덧칠한다
사계절을 그려 본다
노을빛에
녹아버린 인생
어딘가 부족한 채
한 손에 붓을 들고
기억을 더듬는다
꽃길 향기
뼛속까지
피고 지고
혼자 가는 길
하얀 눈 위에
땀방울
그날의 마지막 숨결
철부지 아내
통곡이었다

소중한 일상

일상의 소중함
돈인 줄 알았다
하늘의 이치를
뒤늦게 깨닫고
허전하고 텅 비었다
퀴바디스
둘레길 돌고 돌아
빈 의자에 의지한다
햇빛을 찾아
급한 마음 없이
위로하며
따뜻한 숨을 쉰다
나뭇잎이 쉴 새 없이 흔들린다
온 세상이
자연으로 돌아간다

마음의 쉼터

먼저 배운다
벽풍 삼은 아득한 산골
흔들리는 마음
치솟은 산
하늘과 만나
무념과 통한다
둥근 마음
깨어있다
자연의 순리
균형을 잡는다
마음의 쉼터다
마음 몸 말
허공에 빈다
바람은
어떤 노래를 부른다
문득 엄마가 보고 싶다

빈틈

돌과 돌 틈 사이
꽃이
햇살 파고든다
소통한다
메마른 가슴에
안부 전화
용기와 희망의 목소리
한 수 배워가며
인생의 동반자 되어
틈이란
사람과 사람 사이
마음의 문을 열고
행복하고 풍요롭게
유연한 생각으로 여유로운
삶의 감사한 말 한마디
하루를 마무리한다
친구여 고맙소

바위에 새기다

생각이 글이다
마음 꽃밭이다
색깔이 바뀐다
흐르는 물줄기
맑고 맑은 마음
물 위에 쓴다
물 향기 굴러
피 보다 진한 천륜
철부지 깨달음
가슴에 맺힌 한
모진 비바람
지워지지 않은
흙과 물 공기
바위에 한 땀 한 땀
바느질한다

며느리 자랑

천원을 십만 원처럼 쓰는 며느리
아이들도 귀엽게 절전이 습관이다
며느리 자랑하고 싶다
정서적 교육 절제된 사고
아들 말
살아온 과정이 다르니
이해하세요
통 큰 시어머니
알뜰한 것부터 배워요
우리 집 보물 가족
다시 노년에 새살림
예쁘게 질서 있게
꽃 피는 게 이제 보여요
나와 다른 점
행복합니다

꽃바람

바람에 맞춰 살자
같이 살자
숨을 쉬고 시간을
돌이켜서
그때로 돌아가고 싶다
우리와 함께 즐겼던
꽃과 나무
꽃바람 향기
햇살이
친구가 되어 깊어 간다

시간과 공간

꽃을 사이에 두고
사랑스러운 풀은
담장 없이
시냇물 소리 따라
허공처럼 비워
가까워진다
조용히 받아 주고 있다
너무 크지도 작지도 않은
잠에서 깨어난다
못 본 것을 본다
설렘임도
남는 것조차 없다
나이가 이야기 통한다
머릿속에 뭘 넣고 살까
비단 같은 생각
앞날을 기약 못 하는
생각이 믿음이
느릿느릿 움직인다
귀에 들리는 대로
침묵 속에 멈춘다

그 어느 날

푸른 빛
산 중턱에 내려놓는다
한눈에 띈 사찰 지붕
잘 쓰다듬어진
기왓장 봄 단장
가지런히
맑은 마음
그리움으로 햇볕이
사뿐히 걸어 온다
그 어느 날
손잡고 하늘까지 올린
사랑의 몸짓
가득 향기로 채워진다
무척 보고 싶다

강물 앞에 서면

시선 머무는 곳에
구름처럼
흘러가는 인생
하늘처럼
파란 꿈
마음 비워
강물 앞에 서면
살아온 세월
구름도 하늘도
빈 마음 되어
맑아지는 게
그냥 흘러간다

눈 오는 날

눈 오는 날 그리워
낭만과 약속
눈송이 두 손에 담고
눈 꽃송이 피어 본다
거듭되는 세월
남고 배운 대로
순간을 기대지만
사랑 앞에
눈 녹듯 물이 되더라
인생을 걸어본다는
죄책감
자신감 내려놓고
사계절 기도로
낮아지는 순결
하얀 눈꽃송이
피운다

바람은 알고 있을까

살 만큼 살았나 보다
울림으로
알게 모르게 하늘나라
소풍을 떠난다
아직도 꽃향기 그리워
퍼지는 풍경소리
산천초목 꽃이 아닌 게 없구나
떠오르는 태양 아래
바위도 바람에 깎여
더 이상 크질 않고
구름 아래 흐르는 골짜기
허탈한 마음 죄인 되어
강촌이 변하는 대로
눈송이 주저앉아
풍경 소리 스며드니
오늘의 죄
생로병사
하늘의 뜻이요
바람은 알고 있을까

해돋이

바랄 것이 하나도 없다
그다지 파고드는 앙금
나를 지키기 위한
순간의 그림자
무덤덤하게
떠오르는
붉게 타오른
시작의 여운
둥근 것만큼
남기고 갈 뿐
내세울 것이 없는
두고 간사랑
뭉클한 가슴
가끔 꿈속에서 보살펴 준다

겨울 여행

마음으로 모인다
넉넉한 마음에
계절과 관계없이
깨끗한 공간에
산울림이 퍼지듯
골목골목
시간에 쫓기고 돌아가던 길
하얀 눈송이
첫눈 그리며
누굴 찾아갈까
마음으로 약속한 지
꽤 오랜 세월
겨울 남기고 싶어
아직도 손꼽아 기다린다
멋진 배경에 웃는 얼굴
차가운 온기 기다림
마음으로 모인다
기분 좋은
겨울 여행 선물이다

낭만의 재능

익숙해져서 길들어진 마음
새롭게 태어나
가까운 사람에게
다가가
지루하지 않고
다시 보기 선택
남는 건
편안한 안부 미소 짓고
다른 생각도 똑같은 재능
삶의 방식
넘치지도 않게
스며드는 얼굴
고개를 끄떡끄떡
낭만의 계절
인연으로
돌아서는 친구들
흰 눈 속에
하얗게 걷기를 약속한다

겨울 사랑

밀린 숙제 잊어버린다
나이 탓
마음에 쉼표
편안한 공간
익숙해진 초침
천천히 걸어간다
쉬고 싶은 것인가
남은 것도 잃은 것도
욕심마저 부질없는데
후회 없는 삶
눈이 내리면 하얀 길
그리운 대로
내버려 둔다

하늘을 닮아버린다

마음을 열고 세상은 드높이
늘 감사하는 순간
내세울 것도 없이
다 똑같다는
푸념 아래
저마다 몫인 양
원을 그린다
이슬방울 안에
무색 무채
넘치지도 않고
주어진 길
살아 숨 쉬는 일
해돋이 기다림
순간 시작이다
덩그렇게 내버린
수정 같은 이슬
하늘 담아
내 마음도 하늘을
닮아버린다

보고 싶은 얼굴(1)

외로울 게 없다
옷깃만 스쳐도 인연인데
나이 들고 보니
좋았던 고마웠던
도리를 찾아 투자하고
꺼리 속에 번지는 웃는 얼굴
돌아오지 않는 사랑 따위는
바람에 날려 보낸다
여생의 힘
걸어서 길을 열어본다
그립고 반가운 사람
일정표 세우고
밀린 숙제
하루 시간이 모자라
즐겁다

진실한 이름 만나기

1년 중 기억에 남는 이름 적어보기
배울 것이 편안한 진실
솔직한 도로 위를 달린다
여생의 뒤안길
곱게 인내하면 배려 속에
외로움을 지키며
살맛 나는
회포를 나눈다
한 해를 마무리하며
또 한해를 기다린다
인생의 큰 선물이다

가을을 만진다

일상이 시(詩)다
순하게 스며드는
쉽게 다가오는
엉겨진 나뭇잎도
차례차례 햇살을 나누며
초록에서 뿜어내는
단풍잎 하나 들고
멀리 가까이 즐긴다
화사한 낭만이
가을을 만진다

제3부

달콤한 인생

향기로 채운다

이상과 현실
옮겨 담는다
큰 그릇에서 비워진 만큼
작은 그릇에 담으니
다시 가득
흔들림이 없다
새로운 안전감에
채워지지 않을 때
늘 향기로 채워
조화롭다

코스모스

맑게 마사지한 가을 하늘
더도 말구 지금처럼
뭉게구름에 누워본다
좋아하는
코스모스 향기 길목마다
마사지 한다
작은 듯 가냘픈 어깨 짓
한들한들 피어난다
잠자리 한 마리
빙글빙글 돌다
잠시 겹눈 감고
부드러운 햇살
가을바람 노래한다

낮은 곳으로

유년 시절부터
높은 곳을 좋아했다
이제
낮은 곳에 들꽃을 들여다 본다
거센 비바람 부딪침
스며드는 햇살의 편안함
작게 펼쳐지는 배려
고개 숙인 각도 겸손
그곳에는
낮은 곳으로 흐르는 물줄기
작게 시작하여 강물이 된다
바다는
눈 한 송이 소리 없이 안고
출렁출렁 삶을 노래한다
하늘은 멍하니 바다를 바라만 본다

송편

말이 필요 없는
손길로 어느새
꼭 필요한 가문을 이어가고
자리매김한다
대견스럽다 자랑스럽다
가슴으로만 사랑이
아담한 예쁜 송편 한입에 쏙
버릴 게 하나도 없다
온 가족
스스로 물들어 간다
품 안에서 사랑이 피어난다
싱글벙글 손주들 재롱
예술이다

닮고 싶다

인품 인격
차츰차츰 배운다
참고 견디고 인내하는 시간이
하루를 만들고
한마디 말 대신 공간을 내어준다
마음껏 그려 가면
심오한 밑그림 위에
색칠을 한다
글자 글자 하나
가슴으로 피우고
다시 정리하며 내려놓는다
믿음의 얼굴
닮기를 연습한다

마지막 선물

일기장에
해가 뜬다
이 마음 다시
눈앞에 사랑
던져버리고 싶다
경치 좋은 곳에
잿빛 가루 숨결 안고
참던 눈물이 흘러 나온다
의미 있는 시간
순수한 길벗 애원하던
고향을 달린다
자비를 베푸소서
생애 마지막 선물
자유로운 영혼을 위해
기도로 인정받는
삶으로 태어난다

준비한 수건

신의 예언
땅과 하늘의 공간
제 몫으로 걸어간다
꿈속에 나타난 얼굴
고통에서
살아있는 지옥
구원의 희망 빛으로
감싸준다
여기까지란 한계
스스로 물 위를 걷는다
만물의 근원
십자가 앞에 내려놓는다
신의 부름이 들릴 때까지
철부지
준비한 수건 하나 꺼내어
세월의 땀을 씻어준다

여행

내 위치를 확인한다
부드럽고 따뜻한
음성으로 알아차리기
가장 작은 배려이다
살면서
휴가철 피서 년 중 행사 잘 다녔다
엄마하고 다녔던 시절이 최고였어요
아이들 건사하드라
힘만 들고 피곤해요
언제까지나 보호자 역할이다
스스로 사랑받는 사실을
가르치지 못한 사실
부족한 듯 최선을 다했던
최고의 날들이었다
천천히 서둘지 말고 여행을 즐겨라
진정한 여행의 사랑 방식
내 소리를 듣는다
나이 들어 하고픈 이야기
내일도 엄마 품이 그리운 오늘
추억은 아름다운 여행이었다

무관심

더 이상 필요한 것이 없다
똑같은 것을 바라보면서도
서로 다르게 볼 수 있는
무관심처럼 몰래
스스로 용서하면서
음악으로 시로 다듬는다
미소를 짓는다
괜찮은
하루 마무리

독백 (1)

순간 편안하게 눈을 감는다
계절의 갈피 속에서
꽃이 피고 지고
자신의 인생 속에
시를 쓰고 시 낭송
차분한 음성 속에
부족함이 피어난다
얼마나 많은 것을
모르고 살았는가
새벽 공기가 다시 시작한다
연민과 반성
혼자 즐길 수 있어
행복이다

혈육

벌써 일 년을 넘게 보살폈다
날씨 탓 인지 짜증이 난다
영혼의 속살은 굳어져 간다
항상 친정을 향하여
끝없이 방황하는 고독의 되풀이다
마침내 하나씩 떠나보내는 것
외로운 이름을 덮으면서
더욱 별들이 멀리 보인다
귀퉁이에 떨고 있는
나는 하나의 절교장을 쓴다
발가벗은 남동생 떠나보내는 것
난 바보인가 보다
마침내 발가벗은 외로운 자신을 만난다
아직도 내 몸엔 무수한 얼룩이 남아
영혼의 고운 속살은
별이 유난히 많은 밤
세상과 나 사이를 가로막고
또 하나의 이 어둠은 무엇인가

나들이(2)

그리울 때면
아끼던 옷을 입고 나선다
시골 버스 속에 흘러나오는
노래 마음 익어서
단풍 속에 들어간다
가을 햇살 창문을 두드리며
유혹한다
한때 어설픈
그리움 더듬어
빙그레 웃어본다

달콤한 인생

시간 창고를 열어 본다
음악과 시로
들을 수 있는 무렵
얼마나 부족한 것이
많았는지 모른다
작은 것부터
천천히
관찰한다
소중한 보물을 잊고 살았는지
나의 노래
이제라도 마음껏
부르리라
남은 것으로 순종하며
작고 크게 천천히
책갈피 속에 숨어 있는
달콤한 인생

보고 싶은 얼굴(2)

어느 밤
비바람에 휘말려 사라지고
꽃들이 하나둘 모여든다
푸른 빛 떠날 줄 모르고
남은 것은
고운 숨결 그리운 얼굴
산새들도 떠나고
아무도 없지만
사랑하는 꽃향기 거닐며
이곳에 살고 싶다

환경

돈 버는 자랑 말고
돈 쓰는 자랑 할 나이
정해진 대로 쓰고 나니
돈 버는 것보다 더 낫다
쓰고 나면 채워지는 줄
아는 지난날 방식
환경 속에 적응
작은 것에 알뜰 생활
눈으로 익힌다
부족한 것은
서로 채워주는 인심
화사한 햇볕이
꽃을 피운다
가슴으로 향기를 담는다
덤으로 사는 맛
아들 며느리한테 배운다

평가는 희망

정리를 한다
글부터 무슨 할 말이 그리 많았는지
혼자라는 의미, 넋두리인가
그래서 책으로 출판이 필요한가 보다
삭제 또 삭제 흔적을 남길 이유 없다
남들도 다 그렇게 살다 갔다
누가 나를 위해 기억한다고
쓸데없는 소일거리이다
세월의 나이테 계급장 뽐내면
변해버린 한이 살아 조명을 받는다
당당함 속에 떨린 표정
나도 살아있다
외침인가
TV 앞에 넉넉한 응원
산다는 게 재미있다
자랑스럽다
평가는 끝내 따라다닌다

자연과 화해한다

요즘 세상이 영화 보는 것 같다
네 맘대로 하세요
화젯거리도 다양하다
특히 정치권력 결과를 기대한다
순리를 따르는 승부
주객이 바뀐 듯
삶의 주인공 누구일까
장맛비 냄새가 진동한다
중랑천 흙탕물 송두리째 끌고 간다
자연과 화해를 한다
병원 예약도 무시하지 않고
약속을 지키기 위해
물난리 주인공 되어
빗속을 뚫고 할 일을 한다
살아 있다는 것은 다 똑같다
나이가 드니 자꾸
스스로 내려놓는다
자연은 언제 내려놓을까

삶의 위치

다 똑같다
닦아온 인품
삶의 위치
다른 듯 터득하며
하늘과 땅
기도로 일어나 행복하다
한 땀 한 땀 박음질
완주하는 인생
노을이 춤을 춘다
마무리하는 날

사계절

비바람 눈
사계절 속에
자연을 닮기 위한 숨소리
거듭나기 위한 순종
곧바로 풍선을
하늘 높이 날려 보낸다
빙빙 돌다
터져버린 보물 창고
사람 위에 사람 없고
저울 위 헛되지 않고
서둘지 않고
글로 위로하며
마음을 모은다
세월이 나이테이다

표정

자연 속을 걷는다
여유로운 표정
닮은 꼴 찾기
사람 수보다 더 많은 나무
햇빛의 선물
꽃의 피기까지
깊은 곳에서
다시 씨앗을 그려 본다
순간 비바람
자연을 노래한다
눈 덮인 산
그날의 하얀 마음
자연이 걸어온다

제4부

특별한 인연

꽃의 이야기

꽃이 피고 진다
심호흡을 크게 하고
하늘을 본다
들꽃이 편안하게 누워 있다
무릎을 꿇고
바람꽃이 내려와
어여쁜 표정으로
계절이 바뀔 때마다
햇볕에 송글송글
산꽃, 들꽃, 별꽃, 여름꽃
사랑스레 피어나네

잃어버린 우산

살아온 만큼
순리를 따른다
우산을 잃어버린 후
삶의 주인이 되어
온종일
고독과 외로운
그림자만 찾아다닌다
조금 위로가 되어
마음의 안식처
방안 가득 카페 분위기
질리지 않고
시 쓰고 낭독하고
하나가 되어 만족하다
순리를 이기는 자는 없다
비 오는 날 빗소리 주인공이다

경계

채우는 것도
눈을 뜨는 것도
찾는 것도
비우는 것도
하나가 되는 것도
어리석은 것도
침묵 속에 스며든다

특별한 인연

쓸데없는 농담 맴돌고
동영상 노래 듣고 싶을 때
마음껏 흔들어 얼굴 그린다
열두 번도 더 바람 쐬러 갔지
끝내 빈말만 남기고
영정사진 앞에 머리 숙인다
어제는 같은 이 세상 사람
오늘은 하늘나라 날아간 새
아무 할 말이 없었나 보다
인생 무상함에 빈 가슴
사진 한 장 준비 없는 삶
송년의 밤 날 정년 퇴임식
덤으로 찍어 둔 사진
영정사진으로 선물
사회생활 지인 마지막 가는 날
그냥 쓸쓸했다
가끔 동영상 노래 들으며
멋진 의미 담겨 준 선물
지나간 바람 뒤늦게 새롭다
문득 생각하니 특별한 인연이었다
영영 놓쳐버린 사랑

슬픈 이야기

흘러가는 물줄기 위에
기억들이 뭉클하다
까치를 친구 하던 오빠
그렇게 살다 갈걸
훌쩍 날아간 새 한 마리
물 위에 써본다
불러야 할 이름도 많다
각기 다른 운명
남은 건 정 많고 어진 심성
세월 따라 바람 따라 병마로
포기하고 마는 슬픈 이야기
그날의 바람이
아픈 시선으로 머문다
비 개인 하늘 위로
다시 돌려보내자

가인

내가 너를 아는데
넌들 나를 모르겠니
숨겨둔 생각
조심스럽기만 하다
길들은 마음의 멜로디
풋풋한 글도
존재 가치조차 태운다
내 안에
그림자밟기
햇빛 등 뒤에 두고
하루를 비운다
곱기만 하다

제자리

선명하게 들리는 멜로디
하나가 되어 나를 만든다
어려서부터 곁을 안 주는 성격
혼자가 좋았다
하늘 위에 구름이 붉게 물든 저녁
한 가닥 파도를 잠재운다
수많은 이야깃거리
함부로 뒤섞지 않고
노을 앞에 제자리를 찾아
시속에 일상 더없이 좋다
그날의 기억 되살아나며
아름다운 인생
삶은 하늘이 점지하여 주고
행복은 내가 선택한다

돛단배

아무 거림낌 없이
강가에 내려앉은
돛단배
화려하지 않고 순하다
잔물결 부딪치며
누군가 기다리는 것인가
강 건너보고 싶은 사람
약속한 것인가
출발하지 않은 채
오고 가는 사람
바라보는 각도
한 폭의 그림으로
평화롭고 사랑
빈 배 가득하다

마음공부

기분 좋은 만남
템플 스테이
그대로 받아 주는 사찰 고요함
산 너머 운무가 잠시 머문다
투정부리는
마음을 내려놓는다
푸른 숲속 물이 들고
영혼이 쑥쑥 자란다
풍경 소리 간격에 맞춰
뒤돌아볼 수 있는 여유로움
가끔 생각나고 그리운 얼굴
마음에 안겨 편안하다

비 오는 날의 풍경

두런두런 이야깃거리 앞에 수채화를 그린다
형이 있었으면 얼마나 재미있었을까
인생길 다른 곳에서 지켜보고 있겠지
거짓말을 잘하는 형 뭔 일 저지를 것 같았다
형은 상황에 따라 변한다 재치있고 순발력 좋고
잘하는 게 많았는데 씁쓸해하는 서운함
이젠 세월이 흐른 것만큼 여유로운 전설이다
강산이 변해도 전설은 좇아다니겠지
손주 말이 생각난다
할머니 큰아빠는 하늘에 있어
비를 맞지 않아요
잘 지내고 있겠지
가슴에 묻혀 떠날 줄 모르는
비 오는 날의 풍경이다

알콩달콩 가족

자주 영상통화 결과 인사 후
할머니 할 말이 없어요, 끊어요
손주 9살 할미하고 대화 재미없나 보다
섭섭한 것만큼 개인주의 인격체 많이 컸다
매일 보아도 또 보고 싶은 마음
혼자 익숙하게 시간표대로 생활하는데도
정이 많은지 외로움인지
일주일마다 특별한 일 없으면
할미 집 오는 날
대청소하고 분주하게 움직인다
제일 큰 손님 맞이하는
기분 좋은 날
즐겁고 재미난 기억나는 이야기
게임으로 시작하여 용도 타는 맛
소소한 꺼리 용돈 기입장에 쓰고
용돈 지출하는 손주 대견하다
서로 경쟁하여 먼저 한다고 재롱 피운다
한바탕 떠들고 놀다 간다
그 맛에 피곤한 줄 모르고 시간 보낸다
기다려지는 알콩달콩, 한 지붕 한 가족이다

바람

지나가는 바람인 것을
존재라는 두 글자
인정하고 싶다 배워야 한다
즐겁고 풍류
평범하지 않은 기억
자꾸 꿈틀 남들은 겪지 못한
행복인지 불행인지
그저 평범한 것이 진진 하다
입속에서 옹알거리며
들려오는 낭만
어깨 들먹인다
그대로 안으로 접고 접고
우편번호 없는 편지를 띄운다

오늘

시작에 불과한 인생
끝없이 시작한다
심호흡을 크게 하고
자연을 본다
들꽃이 편안하게 누워 있다
무릎을 꿇고 내려 보아야
바람을 피해 낮게
어여쁜 표정으로
바람이 귓속말로 속삭인다
다들 그렇게 지나갔다고
다시 돌아오지 않은
오늘
순하게 웃어보자

노숙자

하나님은 보이지 않았다
길가에 편안히 꿈을 꾸는 노숙자
무관심 속에 스치는 발걸음
오천 원을 꺼내 가슴에 넣어주고
깨어나면 기뻐하겠지
서로 다름을 이해하고 돌아선 손길 흐뭇하다
태어날 때 꿈은 대통령 되라고
방향 잃어버린 채
한나절 양지바른 곳에
꿈 속을 헤매고 있다
다양한 삼일 일체
십자가 앞에
희망과 사랑으로 보살펴 주세요
햇살이 머무는
쉽게 잊혀지지 않는 화살기도

꽃씨

꽃은 피고 지고
때가 되면 다시 피는데
한번 가면 피지 않는 꽃
가슴으로 하얗게 피어나는구나
크고 작은 해바라기꽃
해를 닮아 웃고 있다
밤새 보고 싶어 피는 꽃
청아한 이슬 채우고
맑게 하루를 시작한다
순하게 삶을 녹아내린 꽃
고요한 꽃길 찾아 산책한다
돌아오는 길
까맣게 타버린 꽃씨 하나 받아
성큼 다가올
내년을 기다리며
향기를 피운다

꽃물(1)

외로움이란
마음의 빗장 문
듣기 좋은 이야기
갈 길이 달랐다
너무 멀리 와버린
다른 사연
시간 속에 소멸한다
해맑은 날개를 달고
작은 몸짓
사계절 떠난다
어리석음
묵묵히 소통하며
부질없는 순간
꽃물 꿈이더라

나비의 날갯짓

있는 듯 없는 듯
살포시 앉아
접었다 폈다
긴 세월 짧은 듯
한 생각
좋았던 일만 그려본다
햇살 고운 빛
하늘을 쳐다본다

꽃들의 안부

천둥 번개가 요란하다
아이들 어렸을 때
엄마 찾으며 품에 안기던
생각이 난다
지금은 산책길 두고 온
꽃들이 궁금하다
활짝 핀 꽃들이
등 뒤에서 웃고 따라왔다
비 맞고 떨고 무서워할까
꽃들은 뿌리 깊이 사랑으로
버티고 있겠지
어느새 꽃 안부를
우산 속으로 불러 본다

열흘도 못 가는 꽃

한번 접고 두 번 접고
요샌 접을 일이 많다
하늘 높은 줄만 알고
피어나는 가을 향기
지천이 꽃이구나
자연의 순리 똑같은 이치
화려함 속에 빠져
열흘도 못 가는 꽃
순간의 마지막 잎새 되어
화해한다
그때가 좋았다고

산다는 게

좌절할 줄 모르고
당당함에 빠져
외로움이 찰랑찰랑
취해버릴 줄
견디기 어려운
모두가 떠나간 빈자리
하늘만 바라보고
구름이 되고 싶다
채울 길 없어
빈 잔 가슴으로 안고
추억으로 채운다

제5부

다시 태어난다면

길

길이 보이기 시작한 건
얼마 안 되었다
좁은 길 골목길 산길
우리 집 앞 큰길
제일 편안한 길이다
인생길
수 많은 사람들의 길
길인 줄도 모르고 살았다
과거 현재 미래
오늘에 와서 뒤돌아보니
또 하나의 길
정직하게 투명하게
삶의 길이다
모든 길이 나를 만들고
또 다른 길을 준비한다
MY WAY

하늘이 넓은 이유

하늘이 넓은 이유
수많은 사람들을 포용하려니
각기 다른 어진 사람을 구분하려니
죽을 때까지 그 뜻을 모르고
우매한 생각에 사로잡혀
불평불만 얼굴
하늘이 가릴 길 없어 자꾸
커질 수밖에
하늘이 내려 준 복으로
환한 표정 밝은 웃음
감사할 뿐이다

다시 태어난다

마음이 급하면 길을 헤맨다
거리 귀신
집 밖을 좋아했던 날들
여자가 일할 줄 모르고
차분하지 못한 별명
마음의 먼지까지 보인다
머리가 나빠 솔직하다
걱정이 남보다 덜하다
부족한 게 많아
더불어 산다
인덕이 많다
얼굴이 편안한 표정
맑은 푸른 하늘 닮아간다
다시 태어난 군더더기 없는
고운 숨결 마음을 찾는다
웃는 환한 얼굴
엄마 품이 그립다

위대한 삶

사계절
잘살고 못살고
하늘 담아 푸른 꿈
아는 것만큼
파도 소리 요란하게 넘실댄다
끝내
나란히 늙어가는 첫사랑
세월 앞에 극복
행복인가
남기고 싶은 귀한 마음
닮고 싶은 우아한 풍류
한눈에 훤하다
고이 간직하여
아름다운 멜로디
위대한 삶 바뀐다

밥심으로 산다

밥을 유난히 좋아한다
입맛이 당긴다
먹기 위해 사는 것 같다
혼자 놀기 음악 듣고 글 쓰고 습관
외로울 때면
먹는 것을 만든다
포만감에 잊어버린다
먹어도 질리지 않는
외로움
보기 좋은 체격
나이 드니 우아하다
비가 주룩주룩
외로움이 밥도둑이다

세월 앞에

멈추고 보니 더 이상은
달음박질이 숨이 차다
시간은 휙휙 지나가는데
생각과 행동도 느려지고
화사한 꽃향기 그립다
알뜰하게 남은 시간을 계획한다
목표가 자랑이다
발걸음 천천히 위로하며
뼛속 깊이 귀를 기울인다
스스로 걷는 걸음 속도를 측량한다
느슨해진 일상 삶의 방식
가끔 불안해지기도 한다
변해가는 얼굴들 안부 인사 나눈다

거울에 비친다

편안한 곳 찾아 외친다
임금님 귀는 당나귀 귀
숲속처럼 많은 귀가 열려있는 곳
보고 배우고 자라 온 환경
하늘을 섬겨야 한 사랑
소중한 책임감
아직 사랑하기 때문에
결핍 추구하며
돌파구 찾아 외친다
변해가는 세월 거울 보인다
양반과 상놈의 차이
배운 자와 무식한 자
나쁜 놈과 선한 자
양심은 곪아 버린 상처
순간의 행복을 찾아
십계명 가슴에 담고
보이지 않았다
부족한 것을 채워주는 힘
서로 도리 대가로
착한 인품으로
스스로 하늘을 섬긴다
세상 다 갖은 기분이다

지붕 아래

빗소리에 눈을 뜬다
알록달록 무지개
지붕 아래 신음
수녀님 계신 곳으로 옮겨본다
고향을 잃어버린 채
또 다른 고향을 찾아가는 중
저마다 다른 목표 지향
세상 밖의 삶이나
다를 게 없는 인내심 순종
자연의 숨소리 가늠하며
불평불만 고개를 떨군 채
묵상 기도
거세게 들리지 않은 빗소리
자박자박 다가온다
내일의 평범한 일상을 위하여
잠이 든다

미스트롯

숨소리마저 음악이 되어
고개 숙일 줄 아는 순리
세월의 바람 멋진 끼
재능 많은 예술인
타고난 능력
온몸이 악기다
보이스 트롯
기다리는 선율
위로받는 시간이다

어리석은 마음

솔직한 어리석음 때문에
그다지 남은 앙금이 없다
늘 비어 있는 마음
아기의 숨결처럼 해맑다
나이가 들면 다시 어린아이로
돌아가는 게 쉽게 위로받는다
아들이 해결사다
손자 왈
우리 아빠는 잘 생기고 부티
난 얼굴 순하고 착하다
대화 중 기억에 나는 말
며느리 왈
다른 생각을 하지 않아요
엄니, 손자, 남편
우리 집 특징이다
며느리 말만 들으면
자다 말고도 떡이 나와요

살다가

늘 영화 같은 삶
잊은 듯 밑그림이
지워지지 않아
못 그린 나뭇가지를
덧칠하고
꽃이 다시 피고 열매를 그려본다
살다가
낭만이 살아 움직이는 창을 열어본다
쉽게 정이 들고 기도하는 마음으로 담는다
본 듯한 삶
사랑을 만들고 그 안에 내가 있다
영원한 외로움 그리움 허기가 남아있다
친정집 냄새가 물씬 배어있는 왕국이다
잊은 줄 알았다
하늘에 영상을 보았다
소박한 보금자리 철부지 아내
시 한 편 담고
맑은 시냇물 한 사발 선물한다

독백 (2)

그만 잊기로 해요
점점 사라지는
고요해지는 가슴의 순리
주어진 몫 앙금 없이 베푼 인성
아버지 살아생전 닮았다고
사진 한 장 간직 못한 채
풍요롭게 살았던 정 많은 고향
인천 앞바다 파도에게
안부 전한다
모두 떠나고 없는 빈자리
시인의 시비 철부지 아내 독백
삶이란
가을바람 쓸쓸하다

감사 기도

할머니 전화부터 받고 해야지
습관처럼 교육이다
며느리 지혜
온 가족 하나 되어
평범한 말 한마디
사랑으로 스며든다
매일 선물 주고받는 기분
할미 맛있는 간식 준비한다
먹는 것에 기쁨 건강한 입맛 주세요
기도 내용이 바뀌었다
천천히 준비한다
모든 것이 대견하다
감사한 날들이다

삶의 교환

할 줄 아는 방식
부족한 만큼 채워주는
내 몫인 양
뒤돌아보니 땀 닦아주는 해결사 정이 많아선지
어리석은 인성
바보스럽게 채워준다
나의 여생 낮은 곳으로
홀로 흐른다
퇴근 후 알람 시간
아들 목소리
한결같은 방식으로
시장 한 바퀴
뒤늦게 배운 정성
손맛으로
얼굴 한 번 더 본다
맛있어요. 며느리 메아리
덕분에 흐뭇한 오늘이다

다시 태어난다면

다시 시작이 아니다
다시 태어난다면
크고 많은 것만 위하여
작은 것과 적은 것에
알뜰함과 고마움을 잃어버렸다
행복의 조건 달라졌다
산책로 피어 있는 꽃들
하늘이 편지를 쓴다
모두에게 편지를 쓴다
나무는 사계절 편지를 어떻게 읽을까
나무속을 들여다 본다
비어 있는 울림으로
다시 태어난다
사소한 삶의 경험을 통해
보이지 않은 행복
하늘에게 답장을 보낸다

삶의 방식

많고 많은 사람 중에 인연
시간이 오랜 뒤 순한 바람이
새벽 시간에 그리움으로 퍼진다
하늘을 닮아버린 침묵
맑아질 때까지 닦는다
늦게 피어난 꽃의 사연
잘 가꾸어진 산책길
늦게 배운 사랑
태양 가득 걸어오고 있다
낭만의 풍경
무상이며 빈 것이다

빈 하늘

하늘
하나밖에 없는 삶
겹겹이 벗긴다
끝내
파란 하늘 목표
질리도록 닳아버린
다시 그곳을 향하여
피었다 지고
깊고 맑은 가슴으로 번진다
인생의 시작도 끝도
하늘 아래 출렁인다

종착점

갈 곳이 없다
마음을 읽는다
생각이 어깨에 달라붙어
할 수 있는 것부터
해가 뜨지 않은
새벽부터
하루를 일으켜 세워
순간에 순종하며
돌아본다
생각이 없어진다
세상 속에 구분하여
노을 하나 마음으로
덤으로 산다

제자리 찾기

점 하나 찾기
원만 바라보고 살았다
복잡할 때면
처음으로 돌아간다
다시 시작한다
반복 학습
숙제도 시간표도 잘한다
연습 없는 인생살이
기도가 꿈을
부족한 점을 채워준다
마음의 평정
오랜 시간 뒤에
낮은 곳에서 들린다
내 안에 다 들어있다
배운 대로 피어난다
돌아가는 인생
사람이 책이다

행복

허공같이 텅 빈
맑아진 마음
울림이 없는 빈 그릇
산이 일치되어
산새 소리 무념으로
목탁 소리 참 선한다
푸른 빛 잔잔히 흐르고
다기 차 말없이 초월하여
풍경 소리 편안하다
저 산 너머 구름 위에
무지개 피운다
비우니
노년이 고요하다
행복이다

제6부

환희의 그 날

장독대

점점 익숙해진다
장독대를 사랑한다
매일 닦고 햇살이
소꿉장난을 한다
포인세티아 꽃으로
장식하고
창문에 매달린
반짝이 츄리
누군가 마중한다
요리로 선물한다
손맛이 닮아간다
편히 쉬울 수 있는
손주 놀이터
웃음소리로 꽉 차오른다
장독대 뚜껑을 열었다

신의 목소리

좋은 사람 만났지
목소리
하나 스며들 때
가느다란 실 위 떨림
화려한 조명 아래
저마다 빛
화음으로 찾는다
높고 낮음
신의 목소리
밤새 고인 이슬방울
햇볕이 모인다
그 안에 담아
나를 비춘다
떨어질 때
한 치 앞도 모른 채
따라가리라
더 넓어지겠지
텅 빈 목소리
마주하고
기약 없이

등을 보인다
서로를 위로하며
그리운 목소리
멀어져 간다
철부지
환한 미소 가득하다

축복이다

놓친 기회
생각도 안 난다
아마 견딜만 했나
다른 환경도 똑같지
한참을 기다렸다
철부지 아내
시비도 세우고
운전 면허증
삶 핸들을 달렸다
상담 자격증이
올바른 막대기 노력
뒤늦게 답을 구했다
깨우침이다
착한 끝이 축복이다

산줄기

드나드는 이야기
긴장 속에 저마다
맑은 물에 발 담그고
말끔히 씻겨
헛소리에 심장이 뛴다
멈출 줄 모르는
투명 인간 선을 긋고
높은 산등선
햇살이 포근하다
눈빛 하나로 읽고
낭만으로 내 곁에 있다
색깔대로 관리하는
사계절 이야기
오랜 세월
산줄기 따라
구름이 흘러간다

영상편집

되새김
세상을 움직인 자
시간 초침 소리
누가 지켜주나
어제와 다른 오늘
손가락은
달을 가르치고
나머지 손가락을
지칠 줄 모르는
달빛에 비친 현실
영상편집
스스로 걸어간다
온통 빅 뉴스
어둠이 스며드는
명암의 차이
되새김이다

종자와 시인

자랑하고 싶어
하늘 별들을 크게 흔든다
별빛 쏟아지는
불꽃놀이 눈이 부시다
연천에 등불 밝혔소
이야기 나누세
새벽 동이 뜰 때까지
얼굴 비비며
천륜의 정 훈훈한 결
어제 같은 오늘
축제 노래 불러보세
손에 손잡고
아름다운 강산
끝없이 환한 웃음
다시 시작한다

다시 돌아가고 싶은 날

집 앞
학교 운동장 흰 눈 발자국
덩그러니 떨고 있는 긴 의자 위에
의정부 온 지 30년 전
웃음소리가 들린다
푸른 시간이
머리에 꽃을 꽂고 되살아난다

다시 돌아가고 싶은 날

커다란 백

마음을 활짝 여는 통찰을 배운다
순리대로 그 너머를 실천한다
이 맛 저 맛 요리하기를 좋아한다
레시피는 엄마한테 길든 맛을 그리며
미식가인 남편과 고급스러운 외식에서
투자한 만큼 본전을 찾는다
역시 배운 대로 습관에서
인생 열쇠를 찾는다
할 줄 아는 게 퍼주는 일
배려는 기쁨이다
돌아서는 뒷맛
개운하다
입맛이다 소화도 잘 된다
이 세상에 보이는 백은
통찰 하나부터 시작한다
오늘도 낭만을 찾아 즐긴다
성찰 관찰은 숙제이다

한가위

촉촉이 가을 안개비
부드럽게 삶의 시작인 듯
마무리 인생 순하게 다가온다
세월과 함께 변해버린 얼굴
낯선 듯 다시 인정한다
화려한 저녁노을 빛 스며든다
마음마저 녹아내린
문득 문을 열고 들어온다
강강술래 보름달
살아온 만큼 아름답다

추억

허공에 가득 채워진
삶의 노래
춤추듯 구름 타고
있는 듯 없는 듯
한장 한장 넘기는 세월
산 위에
먼 하늘 맑고 깊다

습관

누구나 다 외롭다
매일 외로움을 찢어
생각을 길들인다
조화로운 정리
믿음의 글을 쓴다
초등 때부터 시간표를 잘 만든다고
칭찬을 받았다
여전히 남아있는 여운
시도 때도 없이
공백을 채운다
일상이 시다
외로움이 시다
생각하는
최고의 낭만

혼자라는

왜 혼자라는 사실을 몰랐을까
온 세상이 혼자가 모여
결이 바코드 되는 것을
새들도 혼자 날갯짓한다
하늘이 멍들어
바다가 하얗게 풀어질 때까지
달려온 모래사장
발자국마저 쓸고 간
목메인 소리
외로울 게 없고
옷 한 벌 걸친
화려한 거리
온종일
또 다른 하나가 걸어오고 있다

환희의 그 날

오늘도 하루라는 선물을 받았다
손주들의 재잘거리는 소리
어디에도 따라 다닌다
컴퓨터가 놀이 기구가 된다
손주 손끝에 동영상이 보인다
할미의 무게
나도 시 낭송가이다
다시 아련한 꿈속이다
시간이 추억이 되어 화려하다
나의 새벽을 젖게 한다
삶의 무게 소리는 크게 맴돈다

노을 차이

부럽다
내일이 없는 엄니
며느리 인사말
잘 받아들인다
집으로 오는 밤길
밤눈이 어느새
어둔해졌다
조금씩 변한다
오늘의 최선이
내일의 차선이다
새로운 얼굴
밤바람 시원하다

일기예보

엄마는
한 편의
영화를 보는 것 같다

엄마는
신기하게도 엄마는
길이 열린다

봄 꽃물

세상 휘두르면서
봄비 잠 깨어
내 곁에 스며든다
곰곰이 생각하니
또다시 희망
파릇한 향기
흙내음 떼쓰며
이슬방울 꽃물
옹달샘
맑게 일어나
가슴 깊이
위로한다

동네 한 바퀴

눈이 온다
장독대가 숨어 있는
동네 한 바퀴
손잡고 돌고 싶다
같은 모습을 하고
다른 모습 달렸던
오랜 시간
고향 향기
들려주고 싶다
인생은 꿈이라고
창밖에는 눈이 온다
장독대
설렘은 똑같았다

꽃물(2)

꽃물에 생각을 들여다본다
맑게 비친 그리움
작은 흔들림에 마주한 빛
서성이는 몸짓은
꽃물에 담긴 수채화이다
마음이 붓이 되어
화려한 불빛 속에
한 폭의 그림이 된다
밝게 웃는 얼굴
달빛 속에 가득하다

보호자

늘 그래왔듯이
마음을 쓴다
아니 정리한다
결과는
잃어버린 줄도 모르고
익숙해진 다정했던 시절
햇살 양지바른 곳에
벌과 나비 꽃들의 잔치 날들
흙이 모여 터전을 가꾸고
다져진 발길
그리움이 길이 되어
흔적을 지운다
나부터 내려놓고 시작한다
원하는 길이 보인다
잃어버린 보호자를 찾는다
꿈속에서 본 듯한 얼굴이 다가온다

하늘 아래

차츰차츰 멀어져 간다
진실을 찾아 양심을 찾아
양파 껍질 벗긴다
옛날에는 눈물이 많이 나서
우는 줄 알았다
요즘은 정이 메말라
눈물이 나오지 않는다
대신 소름이 끼친다
세상이 자꾸자꾸 변한다
그리다 만 그림처럼
진실한 양심은
뜨겁게 뛰고 있다
하늘 아래서

자연에서 찾은 존재적 성찰의 시 쓰기

- 임경자 시인의 두 번째 시집 『철부지 아내(2)』

최 봉 희(시조시인, 평론가, 글벗 편집주간)

21세기의 우리 시단의 지배 담론은 도대체 무엇일까? 이지엽 교수는 『현대시 창작 강의』(고요아침, 2005)에서 「21세기의 새로운 시 쓰기」의 흐름을 다섯 가지로 분류하면서 중요사항으로 '존재적 성찰'을 꼽았다.

우리 문단에도 자연에서 존재적 성찰을 담은 시를 쓰는 시인이 있다. 바로 소담(昭潭) 임경자 시인이다.

임경자 시인을 만날 때마다 본인은 정작 '시를 잘 못 쓴다.', '많이 배우고 있다'라고 늘 겸손하게 말한다. 사실 '문예샘터'라는 기관을 통해서 교육자원 봉사활동 등의 바쁜 일상을 전개해 왔다. 그러면서도 시 창작에 열정을 갖고 창작활동을 하는 시인이기도 하다. 지금도 글벗문학회 창작 공간에서 하루에 두세 편의 작품을 끊임없이 발표할 만큼 왕성한 활동을 하고 있다.

얼마 전 글벗문학회에서 경기도율곡교육연수원에서 주관하는 2021 책만세 공모연수 줌(Zoom)살롱 연수를 시작했다. 칠순의 나이에도 통신사 대리점을 찾아가 묻고 또 물어서 영상 강의 프로그램인 줌(Zoom)을 설치했다.

그 후 비대면 연수에 적극적으로 참여하고 있다. 이는 사실 젊은이도 하기에도 힘겨운 일이다. 그럼에도 지식 정보화시대에 부응하기 위해서 시인은 비대면 영상 강의를 통한 배움에 적극적으로 참여하고 있다.

임경자 시인은 1994년「순수문학」에서 시 부문 신인상 수상으로 등단했다. 등단한 지 25년 만인 2019년에 첫 시집 『철부지 아내』를 출간했다. 더욱이 그의 열정적인 창작활동은 대내외로 인정 받아 마침내 연천의 종자와 시인박물관에 시비「철부지 아내」가 건립되었다. 시인은 가문의 영광이라고 했다. 이번에 시집 『철부지 아내(2)』는 그의 두 번째 시집인 셈이다.

그의 시에는 자연을 대상으로 한 소재가 많이 등장한다. 사실 자연은 자신을 화려하게 치장하거나 거짓말을 하지 않는다. 결코 남을 속이는 법도 없다. 그래서 시인은 자연을 '푸른 삶이 스며드는 존재'라고 표현한다. 그 때문에 그의 시에는 젊음이 넘친다. 더불어 자연과 더불어 사는 깨달음과 삶의 성찰이 다양하게 그려지고 있다.

> 우리네 삶
> 여유로운 인심
> 이곳저곳 씨앗
> 환한 가슴 내밀고
> 발길 손길 흙내음 덤
> 자연이 선물한다
> 눈만 뜨면 베풂과 나눔
> 푸른 삶이 스며든다

동행하는 인품
살맛 나는 세상
– 시 「우리네 삶」 전문

  그의 시에는 자연과 생명력에 대한 경외심이 자주 드러
난다. 자연이 주는 나눔의 삶을 깨닫고 이를 닮고자 노
력한다. 그러면서 삶의 재발견과 성찰의 글을 쓰고 있다.
자연 속에서 겸손을 배우고 자연을 닮아가고자 하는 것
이다. 결국은 자연으로 돌아가고픈 소망으로 삶의 길을
걷고 있다. 시인은 기회가 있을 때마다 말한다. 내가 세
상을 떠나거든 종자와시인박물관의 자신의 시비 밑에 화
장하여 묻어달라고.

저마다 다른 꽃
꽃피는 계절이 다른 경위
함부로 말 할 수 있으랴
엉겅퀴 향기
또 다른
벌과 꽃으로 유혹하는
사계절 향기
새롭게 피고 지고
자연이 내주었던 자리
한 평도 안 되는 텃밭
누가 가꾸어 줄까
기억마저 잊어버린 채
멍하니
햇볕 물 공기마저

불타오른
한 줌의 재
서서히
자연으로 돌아간다
– 시 「텃밭」 전문

 자연은 시인에게 나눔과 베풂을 주는 고향 같은 존재
다. 때론 이를 뛰어넘어 깨달음과 가르침을 주는 스승이
되고 있다. 그래서 시인은 자연으로 돌아가자고 말한다.

일상의 소중함
돈인 줄 알았다
하늘의 이치를
뒤늦게 깨닫고
허전하고 텅 비었다
퀴바디스
둘레길 돌고 돌아
빈 의자에 의지한다
햇빛을 찾아
급한 마음 없이
위로하며
따뜻한 숨을 쉰다
나뭇잎이 쉴 새 없이 흔들린다
온 세상이
자연으로 돌아간다
– 시 「소중한 일상」 전문

 자연과 하나 되는 물아일체(物我一體)의 삶이 바로 자

연과 함께하는 삶이다. 그래서 시인은 자연에서 배우고, 깨닫고 삶을 성찰한다. 자신의 길은 오로지 자연으로 돌아가는 것이라고 힘주어 말하곤 한다.

먼저 배운다
병풍 삼은 아득한 산골
흔들리는 마음
치솟은 산
하늘과 만나
무념과 통한다
둥근 마음
깨어있다
자연의 순리
균형을 잡는다
마음의 쉼터다
마음 몸 말
허공에 빈다
바람은
어떤 노래를 부른다
문득 엄마가 보고 싶다
– 시 「마음의 쉼터」 전문

둘째는 탐욕과 욕심을 경계하는 시를 쓰고 있다. 문명의 발달로 인한 인류는 엄청난 변화를 이루어냈다. 하지만 결핍과 고갈, 그리고 관계의 갈등과 단절이 문제가 되고 있다. 이에 임경자 시인은 그런 면에서 탐욕이 없는 순수한 마음을 희망한다. 그 순수는 앞에서 언급한 것처럼 자연과 함께하는 삶이다. 더불어 자연과 화해하는 삶인 것이다.

> 요즘 세상이 영화 보는 것 같다
> 네 맘대로 하세요
> 화젯거리도 다양하다
> 특히 정치권력 결과를 기대한다
> 순리를 따르는 승부
> 주객이 바뀐 듯
> 삶의 주인공 누구일까
> 장맛비 냄새가 진동한다
> 중랑천 흙탕물 송두리째 끌고 간다
> 자연과 화해를 한다
> 병원 예약도 무시하지 않고
> 약속을 지키기 위해
> 물난리 주인공 되어
> 빗속을 뚫고 할 일을 한다
> 살아 있다는 것은 다 똑같다
> 나이가 드니 자꾸
> 스스로 내려놓는다
> 자연은 언제 내려 놓을까
> – 시 「자연과 화해하다」 전문

시인은 탐욕을 경계한다. 그리고 약속을 중시한다. 그것에는 어떤 탐욕도 번뇌도 없다. 오로지 내려놓는 것이 진리임을 알고 있다.

시인은 자연을 좋아한다. 그는 씨앗에서부터 비바람, 눈 덮인 산까지 욕심 없는 하얀 순수를 사랑한다. 자연과 같은 삶을 살고 싶은 것이다.

　　자연 속을 걷는다
　　여유로운 표정
　　닮은 꼴 찾기
　　사람 수보다 더 많은 나무
　　햇빛의 선물
　　꽃의 피기까지
　　깊은 곳에서
　　다시 씨앗을 그려 본다
　　순간 비바람
　　자연을 노래한다
　　눈 덮인 산
　　그날의 하얀 마음
　　자연이 걸어온다
　　- 시 「표정」 전문

　시인은 오롯이 자연을 닮기를 원한다. 자신의 삶이 곧
자연이다. 더불어 자연이 곧 자신의 글이 되고 있다. 그
의 신앙인 가톨릭을 통해서 하나님의 진리에 순종하는
삶, 욕심과 권력을 경계하고 오롯이 순백의 삶, 서둘지
않는 세월 속에서 살고 있다. 그래서 시인은 성찰의 삶
을 매우 중요시 한다.

　　비바람 눈
　　사계절 속에
　　자연을 닮기 위한 숨소리
　　거듭나기 위한 순종

곧바로 풍선을
하늘 높이 날려 보낸다
빙빙 돌다
터져버린 보물 창고
사람 위에 사람 없고
저울 위 헛되지 않고
서둘지 않고
글로 위로하며
마음을 모은다
세월이 나이테이다
- 시 「사계절」 전문

 셋째는 소소한 행복을 추구한다. 행복은 낮은 곳에서
발견하는 삶의 아름다움이다. 임 시인의 시에 나타난 행
복은 어떤 빛깔일까? 그 행복의 빛깔은 어쩌면 음악이
흐르는 봄빛이며 푸른 물결이 흐르는 은빛색이 아닐까
한다.

    순간 편안하게 눈을 감는다
    계절의 갈피 속에서
    꽃이 피고 지고
    자신의 인생 속에
    시를 쓰고 시 낭송
    차분한 음성 속에
    부족함이 피어난다
    얼마나 많은 것을
    모르고 살았는가
    새벽 공기가 다시 시작한다

연민과 반성
혼자 즐길 수 있어
행복이다 순간 편안하게 눈을 감는다
계절의 갈피 속에서
꽃이 피고 지고
자신의 인생 속에
시를 쓰고 시 낭송
차분한 음성 속에
부족함이 피어난다
얼마나 많은 것을
모르고 살았는가
새벽 공기가 다시 시작한다
연민과 반성
혼자 즐길 수 있어
행복이다
        – 시 「독백(1)」

　임 시인은 항상 어디를 가든지 음악을 즐겨 듣는다. 특별히 드럼도 연주하고 흥이 나면 콧노래를 부른다. 힘겨운 삶의 보따리를 자연 속에서 음악으로. 혹은 시 낭송으로 풀어가곤 한다. 그의 삶 속에는 언제나 음악이 흐른다. 그의 삶은 그래서 자연과 음악과의 소통이다. 때로는 시의 언어로, 몸짓으로 발현된다. 그것이 그가 추구하는 행복이다.

돌과 돌 틈 사이
꽃이
햇살 파고든다

소통한다
메마른 가슴에
안부 전화
용기와 희망의 목소리
한 수 배워가며
인생의 동반자 되어
틈이란
사람과 사람 사이
마음의 문을 열고
행복하고 풍요롭게
유연한 생각으로 여유로운
삶의 감사한 말 한마디
하루를 마무리한다
친구여 고맙소
- 시 「틈새」 전문

　시인은 행복을 위해 소통을 중시한다. 자연과 자연, 인간과 자연, 그리고 인간과 인간의 소통이다. 가진 것이 넉넉하지 않아도 감사의 마음으로 사는 삶, 그래서 시인은 시가 있다. 자연과 음악이 있다면 그는 부자이고 행복한 것이다.

선명하게 들리는 멜로디
하나가 되어 나를 만든다
어려서부터 곁을 안 주는 성격
혼자가 좋았다
하늘 위에 구름이 붉게 물든 저녁
한 가닥 파도를 잠재운다

수많은 이야깃거리
함부로 뒤섞지 않고
노을 앞에 제자리를 찾아
시 속에 일상 더 없이 좋다
그날의 기억 되살아나며
아름다운 인생
삶은 하늘이 점지하여 주고
행복은 내가 선택한다
 － 시 「제자리」 전문

 그뿐인가. 시인은 음악과 시 낭송으로 달님과도 그리고
시공간과도 마음의 문을 열고 대화한다. 바로 소통을 중
요시하는 삶인 것이다.

외롭고 고독을
비우기 위한
영혼과 대화
가장 편안한 휴식 공간
음악 한 자락
마음을 따뜻하게 해주는
시 낭송
들리시나요
달님에게 날아간다
시간과 공간 사이
맑은 눈동자 깜빡이며
창문을 열어본다
 － 시 「들리시나요」 전문

시인은 우리에게 묻는다. 시와 음악이 들리냐고 말이다. 우리가 살아가는 시공간에는 수많은 소리가 들려온다. 듣고 싶지 않아도 들어야 하는 소리가 있다. 어쩔 수 없이 들어야 하는 소리도 참으로 많다. 그런 세상에서 우리는 어떻게 살아가야 할 것인가? 영혼과 대화, 음악 한 자락, 시 낭송의 음성이 들리는가. 이는 자연과 인간의 공감과 소통, 그리고 곱고 간절한 마음이 전해진다.

거울을 매일 닦는다
선명하게 맑다
고요하다
변하지 않는
순수함
웃고 있다
삶 속에
허락한 거울
깨달음이다
- 시 「거울」 전문

시인은 시 창작을 통해서 매일 거울을 닦는다. 매일 거울을 닦으면서 선명하게 맑고 고요한 거울을 바라보는 것이다, 그 거울을 바라보면서 순수함 웃고 있는지 우리에게 묻는다. 그리고 삶 속에 허락한 거울을 통해 깨달음의 성찰을 하고 있는지 묻는다. '시'라는 거울이야말로 진정 우리의 마음을 비추는 거울이다, 우리의 소중한 이웃을 비추는 거울이고, 나아가서 우리 사회와 나라를 비추는 거울이다.

　　　허공같이 텅 빈
　　　맑아진 마음
　　　울림이 없는 빈 그릇
　　　산이 일치되어
　　　산새 소리 무념으로
　　　목탁 소리 참 선한다
　　　푸른 빛 잔잔히 흐르고
　　　다기 차 말없이 초월하여
　　　풍경 소리 편안하다
　　　저 산 너머 구름 위에
　　　무지개 피운다
　　　비우니
　　　노년이 고요하다
　　　행복이다
　　　- 시 「행복」 전문

　시인은 다시금 강조한다. 자연 속에서 사는 삶, 탐욕 없는 삶, 비우니 행복이라고 말한다.
　끝으로 그의 삶을 보여주는 시 「위대한 삶」을 감상하면서 임경자 시인의 시집 「철부지 아내(2)」에 나타난 그의 시 세계를 정리하고자 한다.

　　　사계절
　　　잘 살고 못 살고
　　　하늘 담아 푸른 꿈
　　　아는 것만큼

파도 소리 요란하게 넘실댄다
끝내
나란히 늙어가는 첫사랑
세월 앞에 극복
행복인가
남기고 싶은 귀한 마음
닮고 싶은 우아한 풍류
한눈에 훤하다
고이 간직하여
아름다운 멜로디
위대한 삶 바뀐다
— 시 「위대한 삶」 전문

시인에게 있어서 위대한 삶은 다름 아닌 자연에서 얻은
아름다운 멜로디다. 이는 자연의 소리이며 시의 노래가
아니겠는가?

시인의 시 쓰기는 삶을 바꾼 그의 운명이 아니겠는가.
시인은 종종 자신이 시인이 된 것이 가문의 영광이라고
말한다. 그가 살아가는 자연에서 존재적인 성찰을 통해
서 그의 운명이 바뀐 것이다. 한마디로 '철부지 아내'의
삶이 바로 칠순을 맞이하는 '위대한 삶'으로 바뀌고 있는
것이다.

끝으로 그의 열정적인 삶, 자연과 더불어 사는 그의 존
재적 성찰에 응원한다.

시인의 앞날에 건승과 건강을 기원한다.

■ 글벗시선138 임경자 두 번째 시집

철부지 아내(2)

인 쇄 일 2021년 6월 21일
발 행 일 2021년 6월 21일
지 은 이 임 경 자
펴 낸 이 한 주 희
펴 낸 곳 도서출판 글벗
출판등록 2007. 10. 29(제406-2007-100호)
주　　소 경기도 파주시 와석순환로 16,(야당동)
　　　　　 롯데캐슬파크타운 905동 1104호
홈페이지 http://guelbut.co.kr
E-mail juhee6305@hanmail.net
전화번호 031-957-1461
팩　　스 031-957-7319
가　　격 12,000원
I S B N 978-89-6533-182-7 04810